息のかたち

Tawarada Mitsuru

俵田ミツル歌集

青磁社

息のかたち＊目次

I　もずの抄

II　白い鳥黒い鳥の抄

俵田ミツル歌集

息のかたち

Ⅰ　もずの抄

棺のひと

足元に影添はせつつ影持たぬ棺のひとを菊で埋めゆく

阿修羅像展

誰がためにまなこ見開く阿修羅像百万人の吐息吸ひ込み

たれもかも阿修羅をめぐる眉ひらき秘密明かせよわたしの阿修羅

われの顔見つめ返して互ひには会ふことのなき阿修羅の貌たち

阿修羅像なにやらいとほし夭折の基親王《もとゐ》がモデルといふ説

寂光をひつそりまとひてちよこなんと座る人あり白いシーツに

底厚き草履のあしゆら刈りばねの道であらうかわづかに踏み出す

庭木のもず

横顔の黒き三日月ついと見すあれはモズなり白昼に来る

木犀の皐月青葉の木の真中秘密のごとき丸きもずの巣

次の贄持ち来るもずを窓に待つ我ががら空きの時間の軸に

虚像の樹反射《かへ》してをらむガラス窓われに気づかず枝に歌ふモズ

モズは百舌鳥《もず》持ち歌うまくキリリリル舌先にチユンと雀の真似歌

もずに目を凝らせばまぶし嘴《くちばし》にはげしく払ふトンバウのはね

籠もり出でひつそり満ちゆく雌もずの胸の和毛《にこげ》がこがねに染まる

死隣《しどなり》はもずにもあらむ時ならず背戸の木立を声の貫く

成鳥になれぬむくろを拾ひたり子どもの脳死の法案通過す

二〇〇九年七月

窓越しの時間はわれを置き捨てにす風の葉陰に子モズ二羽見え

遺影

車椅子の子の足取りて新品の靴を履かせき冬晴れの朝

麻痺の子の二十歳の朝にその父は初ネクタイを結んでやりき

ネクタイを贈りくれし人入院中その和やかさに教へられたと

父母として成人式に付き添ひき会場端の車椅子スペース

ネクタイの紺地にうさぎ遊ばせて少しく首をかしげる遺影

三十三間堂

修理一体出陳三体みほとけも現世に在らせばご用の向きあり

貴女だけの仏にあらず　声高に経読むひとの後ろをよぎる

似るありと人は言へども千仏のどれもどれにも吾子はをらざる

紙障子の日影ふと落ち千仏のこがねの面すうつとやはらぐ

み仏はきれいな身体《からだ》持ておはす麻痺ありし吾子渡りましたか

「河野裕子を偲ぶ会」

二〇一〇年秋

左側最前列の十の椅子　端にぽつりと永田和宏

風無けど七・三の髪の七の方なほも乱れてなびいてゐたる

こをろころ引き汐速し裕子さんの留守電の声録音し直す

会ひしことひかる記憶の位置に置くサンドイッチそと持つほそき指

裕子さんへ「棺の人」は息子だとうち明けにけりこの年五月

小柄な身だまつて折られき言の葉の降り継ぐならむうづもるほどに

みはるかす山襞の裾ことごとく琵琶湖の底へなだるると見ゆ

比叡山の花畑にてムスカリの苗をあがなふ彼方のあなたへ

三・一一

足元の虚空のことは見えぬからビルとビルつなぐ通路を渡る

原発の事故から二ヶ月三歳にマスク付けさせ地下鉄に乗る

三歳は小さきマスク付けたままマスクのわれに「ばあば」とキスす

牛の瞳《め》に人影はなく映らむは内臓凍らすおそらく星屑

いとせめて草こそ茂れ牛の群さまよふといふ放射線の野

震災後靴見当たらねば水底を出られないことテレビではふれぬ

仏の名知らず目覚めし大賀ハス敦賀の「もんじゆ」いかに聞くらむ

永遠に0にならない半減期を蓮にふる雨われぬらす雨

じゅん子さん電話をくれたり子の家におさんどんして出詠せぬ吾に

わが胴に巻けぬ短き腕延べて眠れる孫の寝息たしかむ

臓器

入院の書類の空欄埋め終へし下戸の夫と冷やしメロン食ぶ

臓器載る銀の膿盆差し出されしぐさ失ふハシビロコフわれ

シンメトリーに切り開かれて皿にあり枇杷の実ほどの夫の胆嚢

これからも二人の暮らし腹帯のひもを伸ばしてアイロン掛ける

きみも吾も臓器を包む宇宙なり妙に明るむ梅雨の夕暮れ

むすめ　一

天花町《てんげちやう》に雨ふりはじめ黒揚羽しいんと浮きて軒先を過ぐ

家族して訪なひ来たり娘《こ》の夫の手術の日程決まるを告げに

われに似て大事は言はぬさがの娘《こ》の肩の広きを後ろより見る

すこやかな魚が獲れる北長門「さかな御膳」を食べに行かうよ

急ぎ足に木立を抜ける　半月を梢の網より逃がれさせたく

『蟬声』

いよよ飢ゑ己が足食ふクサヒバリ歌ひやまずと小泉八雲に

歌会に同座の人らの櫂と艪の違ひを言ふを聞き耳立てる

悲しみはそのまま抱いておいでなさい隣の席の田附氏ささやく

淳さんは鼻梁さやかにくき立ちぬ母亡きといふことの一年

そのひとのそよがしてゐし袖のいろ夏虫色の歌集が届く

おづおづと湖にてのひら入れるごとその遺歌集の扉を開く

夕闇の樹のしづけさは蟬の影をふと吹き出してまた吸ひ込みぬ

松代地下壕

ガクギクと貸し自転車を漕いで行く戦争遺跡の松代地下壕

狭き戸のウチハホラホラ碁盤状10km《キロ》あるとぞ像山《ざうざん》地下壕

やすみししすめらみことを地下壕に隠さむとせし昭和の神話

碑に沿ふは木槿《むくげ》ばかりなりこの異土に壕を穿《うが》ちし躰つひえて

かうべ垂れふわつと合はす掌《て》の間《あひ》にこの世あの世のはざまの薄闇

七回忌

わが空はすでに暮れしを頭上ゆく鴉の羽裏どきりと赤し

ブーンと飛びぐんぐん自転する星にあの子はをらず六年過ごす

いつぞやにテープねぢつて一回り輪にしてくれし従姉妹のかく子

子の忌日九月五日はめぐれどもメビウスの輪の起点にもどれず

あと幾度長子に付けし名を書くか「裕一郎」の法事の案内

見える星と見えない物で埋め尽くす夜空のやうだ記憶はいつも

音しぼり「ギザギザハートの子守唄」何度もかけて何度も入院

バネのごと上下に尾振るジョウビタキ鳴いてゐるのだ遮音の窓に

秋日和ハヤの若魚すきとほり身より濃き影川底に落つ

必要な記憶

どなたへと慮《おもんぱか》りはないけれどこぼした実はつぐみへ　栢植《つげ》より

ポケットの中のカサコソ指先にメタセコイアの秋のさいはて

雀どちあの子は何処と訊きもせで耳菜草の実ついばんでゐる

やはらかな春の月なり幾万の悲しむ母ののみど照らして

もずの巣の記憶を抱いて木犀の紅き新芽のくすくす揺るる

必要な記憶だけ保《も》つモズ羨しヒナを亡くせし去年《こぞ》の巣に来る

思ひ出すとたれか言つてはくれまいか亡き子のTシャツ着てゆく祭り

——思ひ出すばかりなのです 一

子、裕一郎の最初の入院は、一九七九年七月末からの一ヶ月。一歳半。肺炎だった。私は、職場が夏休み期間中だったので、仕事のやりくりをし、傍に居てやれた。

次の長い入院は、七歳を迎えて間もない一九八五年三月から、翌年九月までだった。脳炎を発症。重篤状態は脱したが完治せず、その上併発した病態のため手術もした。それでも、奇跡的な生還を果たすことができた。彼は八歳半になっていた。

家族の協力もあり、私は病棟から車で60㎞を通勤し、休日と夜間を子に付き添った。

小児病棟

一生分泣き尽くすごと病棟の初めての夜を泣き通す二歳

折り悪しき夫の松葉杖ややぬくし緊急入院の子の鉄柵のそば

初めての腰椎穿刺の二歳の子を処置室の外《と》に待てば眩みぬ

泣くまいと心決めたり点滴のない左手に粥すくふ子に

てふてふね翼状針にふつくらの小さき手の甲差し出す吾子

洗濯機すみましたよと病室から病室へ声掛け合ひしころ

病棟の日暮れの窓の内側はひとりのをさなにひとりづつ母

夕かげにゆふがほの花ひらくとき病気の子らの額の白む

病める子をふはりと抱き込み横になる背中と肘を城壁にして

たいこづる

行つちやだめと子の手放さず夜を明かすそれかあらぬか観音浮かべ

特注の治験薬いま届くとて医師みづからが駅へ行くとふ

瞳孔の戻りしあした担当医と主治医とが手を取り合ふを見る

をりづると見せれば茫《ばう》と知らん顔たいこづるねと言へばうなづく

七歳の失語したるをその名呼び「はあい」と口を動かして見せる

ルンバールに背を曲げ泣かぬ七歳をわたしが泣けると看護婦の言ふ

そのころは「看護婦」と称していた。ルンバールは腰椎穿刺のこと。

ルンバール済みしばかりを七歳はちよこちよこ動き祖母困らせしとぞ

ワイパーに気を付けながら固き雪かき落とす朝の病院駐車場

逆上がり

退院をしたばかりの子のランドセル上の子が持ちいつしよに通ふ

病魔より取り返した子鉄棒に腹つぶれぬか逆上がりする

Ⅱ　白い鳥黒い鳥の抄

山　鳩

真冬には枝払はれててつぺんが拳ばかりの公孫樹は怖い

内向きのポストの口が手の甲に触るれば離す白い封筒

てのひらの野道たどれば山鳩の声の始めも終りも知らず

山鳩よ来てくれたんだね首際の青い三角の渚でわかる

目が合へば心ならずも強者われ山鳩は身を空にうち捨つ

だれひとり会はざりし日よ手のひらに化粧落としの泡を遊ばす

冬暮色ユリシーズ的に一日過ぐこんな日は髭を剃るのか男は

セザンヌ展

破《や》り捨てしクロッキー紙は見当たらぬセザンヌ展の再現アトリエ

セザンヌのアトリエの棚に横並び壺・皿・花瓶そして十字架

画家の目は復見《また》つめるか「自画像」のつばの下から見返す己が目

本物のセザンヌ見しは水彩画十五歳《じふご》のわれはひかりを泳いだ

絵の中の女がにはかに息を吐くオルタンスとふその名知るとき

アメリカン

日系の日本語知らぬ大男三人来たり夫の従兄弟なり

をとこらの大きリュックのその一つその母の骨《こつ》詰めて来日す

日系のアメリカンたちシーフード食へぬと言へば刺身が出せぬ

三男のこいつの英語は聞き取れぬ酒も飲めぬに晴れ晴れしやべる

ヨットの帆作るを活計《たつき》とする男だれより無口　のほんと酒のむ

夫とその従兄弟三人　ハグする手肩たたき合ふ手を静め　別れる

コスモスの写真添付し翻訳のメール届きぬ「納骨ノ日　晴レ」

五歳

夕焼けの列車の窓に額を当つ一人でついてゆくと言ひし五歳

砂浜に素足になればまつすぐに汀《みぎは》の方に行きたがる誰も

砂山に夢中の幼のその沖に見慣れぬ船影　警備艦らし

摘みて来し浜防風を揚げて出すいつもの二人に戻る食卓

脱衣所に置きて去にたるビー玉に細螺《きさご》が二つまじりてゐたり

江　戸

電子音は短く急かし前進の人お通りとハに開《あ》くゲート

酒浸りのユトリロを見ず早足で人の行き交ふ新宿駅に

ぶつかつたいまのはたしか篠弘　神保町駅おたおたすすめば

空襲の看板小さしをさなの手にぎりて渡る北十間川《きたじつけんがは》

電波塔仰げるかぎりに振り仰ぐゆらりと宙の傾くまでに

タワーの灯こよひは水色さやかなり集ふは生者のみにあらずや

母さんのアイシャドーのさみどりが子どもの頃好きだつたと娘《こ》は

娘《こ》と並ぶスカイツリーの展望階この街にきみはこのまま残るか

神楽坂路地の紫陽花よく似合ひ漱石紅葉江戸の人なり

根津美術館

春の雪不似合ひなほど細き首しつかり立てゐる石の如来は

読みながら息はしずかに合いてゆく西行の肺大きかりけむ　吉川宏志

西行のうねる連綿体　その肺を「大きかりけむ」と詠まれし肯ふ

平安の古筆の跡もうつくしき歌集の切《きれ》に青き雲飛ぶ

晩年とは年齢《とし》を言ふのか死の後に逆算するのか竹よ答へて

委ぬるはある意味祈りゆあゆあんと祈り合つてる風の竹林

耳元にどんな時節に死にたいかと問うてくるなり春の夜嵐

むすめ　二

春近し風に干さるるワイシャツの後ろ身ごろに陽の透過する

取り置きしベビーバギーを拭くむすめ他人《ひと》に遣るとふ第二子無くて

整理棚の胸の高さに娘《こ》の夫の薬包のぞく布のバスケット

読む人も読めぬ家族もさびしきは抗がん剤の英語の論文

言ひごとを今はつらつら聞いてやる元気に育つた娘《こ》に傾ける耳

あさなさなレタスもりもり食む娘そんなふうにも哀しむのだね

春の舗道フリーランスの子の影はトートバッグをのぞかせてゐる

すつきりと怒れよむすめ黄の蜘蛛が阿修羅のやうに手を振りかざす

車売る

逃げ水の遠のく速さにセキレイのツツツと走るガソリンスタンド

「ガリバー」に私の車を売りにゆくただのワゴンさ思ひ出なんか

身をよぢり運転席より写真撮る子を座らせし白いシートの

病院の外泊許可とり帰宅さす永住地なき渡り鳥のやう

病棟の裏口に車付けきみと人工呼吸器丸ごと移しき

象のやうな4WDのわが愛車アジアのどこかに売られると聞く

客寄せの金魚余ればだれかれに配られてをりひらら揺れつつ

夏コスモス

濡れ土を古巣の縁に塗り始む境がくっきり見えるよつばめ

飾らねばさびし飾ればなほさびし三十路届かず逝きし子の兜

「ご逝去をずつと遅れて知りました」夏コスモスをゆつさり抱くひと

「先生へといただきましたが親御さまへ」吾子の手編みのコースター受く

子の遺作子の師と眺む貝殻の砂つぶ風紋なぎさの模様

養護学校の寮に入寮させし日の三日月ばかりすごきものなし

その頃は「養護学校」と称していた

その叔父が生きるためだと説きしよりぼくだけなぜと問はなくなりき

切柄杓《きりびしやく》にわれも合はせて息を吐く文化祭に子の点てくるるお茶

できること減りゆく吾子にお点前をお教へくれし寮母先生

「お仕舞ひ」の汝の挨拶を受くる席　福島一家、われら父母《ふぼ》祖母

車イスくるり回してつなぐ手のまたにげてゆくオクラホマミキサー

雪深み寮への迎へ遅れし日連れ帰りくれし福島夫妻

よき師弟「疲れましたか」「ぜーんぜん」「車椅子押し疲れましたよ」

遅れてるおチビのツバメ飛ぶじやろか夫と交はすけふの一大事

ようこ　一

猫五匹いつしか死にしを春の宵戸口訪ふ猫また飼ふよう子

湯気の立つ佳きティーカップ出る頃に猫のキンノスケのつそり横切る

しつぽ立て割り込むといふキンノスケわがライバルは電話聞き分く

猫の気配せぬ電話なり　萩はまだ雪の中なの猫が死んだの

栗ずしを桶に届けてくれし友たがひに家族そろひゐし頃

約束を覚えてますかよう子さん汝の献体時サインすること

白い鳥黒い鳥

エッシャーの鳥たちが飛ぶおそ夏の薄暮がほどの画廊の壁に
ひしめいて飛ぶ白い鳥黒い鳥抜け落ちる方が虚空とはなる

えいゑんにかき消えたのはこのわたし閉ぢたあなたのまぶたの裏《うち》に

冷ゆる朝湖面に初鴨見つけたりゆふべの空を欠けしもあらむ

ヒドリガモ群るる湖面に夕暮れはどこかはるかを呼ぶ声の立つ

仄暮るるしづかな水面に鳥型の闇の三つ四つすべりゆくなり

――思ひ出すばかりなのです　二

息子は、中学後半ごろ下肢の麻痺が出始めた。そのため、養護学校高等部へ進学。麻痺は進行し、畢竟頸椎を削る大手術となった。一九九六年、高校二年三学期のことだ。期待に反し四肢麻痺となったが、神は、首から上の正常を残してくれた。

翌年春、退院。彼のために用意した新しい家に引っ越した。介護やリハビリの体制も整い、私の勤務地も近くなり、ようやく家族そろっての暮らしとなった。

五年の平穏な時を経て、二〇〇二年九月、呼吸がガクンと落ちまたもや入院。以降、病状は悪化、十二月には人工呼吸器を着けることとなった。

キャンドル

一本の火を移す子よ大一本小七本のケーキのキャンドル

三日後に手術を受ける少年のやうな青年がベッドに居る部屋

生きるとはひとりになることねえ坊や手術室まで扉が三つ

ぬひぐるみにこころをちよつぴり預ける子抱き心地いいし笑つてゐるから

三角の耳

指摘受け誤植の言ひ訳したくなる翅震はせて水平のとんぼ

校務日誌に栞入れ「戸締まりを今日もよろしくお先に」と言ふ

病室に待つ人すさり山越えの車道のウェーブ迫りくるばかり

とめどなく飛び去る視野をひるがへる挿絵のやうに河原撫子

ダンプ車の鉄屑の中クロールの腕を掲ぐは汝の自転車か

前を行くトラックの荷台にひらひらと三角の耳いくつも見ゆる

廊下なほ延びて曲がつてまた延びぬ病室のきみへたどりつくまで

蒸しタオル

おにぎりの中に光れるうすべにのぷちぷちほつれぢんわり泣ける

四季のなき病棟の日暮れを配膳車が廊下の角より現るるなり

柵挟み病める子とその父ありてあの娘が好きと二人し話す

病室のドア開かれて白い光《ひ》のそこにありたり子の姉来たる

子の胸の鳥かごの奥に鳴くあれど影は浮かばずランプ引き寄す

点滴の子がめくつてとねだりしはとてもきれいな和菓子集なり

少しだけ困つたふうに目を細めなみだが出なくなつたと子の言ふ

「こうなつちまつてごめんね」石わらべの声一度聞く抱き上げたとき

吾の泣けばやさしい息子が嘆くからさりげなく看む檸檬滴らす

病む吾子のこの世に占むる背の幅の小さきに合はせ蒸しタオル折る

鬼子母

おまへには柊あげる　「かはいさう」と隣りの見舞ひの序《つい》でに言ふひと

点滴筒にぷくつとしづく出現すその規則正しさに見とれる

ある真夜はきみに繋がるモニターの数値次々手帳に写す

病名は悲しくはない長ずるにつれ病名を思はむ子を泣く

どうしやうもなく引き込まる蟷螂のさみどりの眼の黒き一点

ぽきぽきと折る彼岸花ぜつたいにとつぶやいてをりわれは鬼子母で

Ⅲ　息のかたち

羽化をするだらう

感触は目にてまさぐるやはらかに冷気を包む緑のいもむし

黄緑のイモムシだけど愛らしさずいぶん足りぬ揚羽にしては

夫には言はずにおから検索にそいつはメンガタスズメの幼虫

背にドクロ持つ蛾に羽化をするだらうあなたもわたしも知らない朝に

芋虫がシンゴニウムをかじる間も文書の黒塗り増えてゆく国

ボート手放す

それほどの坂とは見えぬが前輪を振り振りこぎゆくどの自転車も

榧野川《ふしのがは》と表示のシジミは高値なり薄きパックにさらりと並ぶ

春キャベツ一個を詰めてぱんぱんの立体になる薄いレジ袋

局面は年金暮らしと説き出しボート捨てむと夫に投げ掛く

ボートから落ちて水面に顔出せば声立て笑はる家族若きころ

オレンジの[illegible]ット大二つ小二つ付けボート手放す

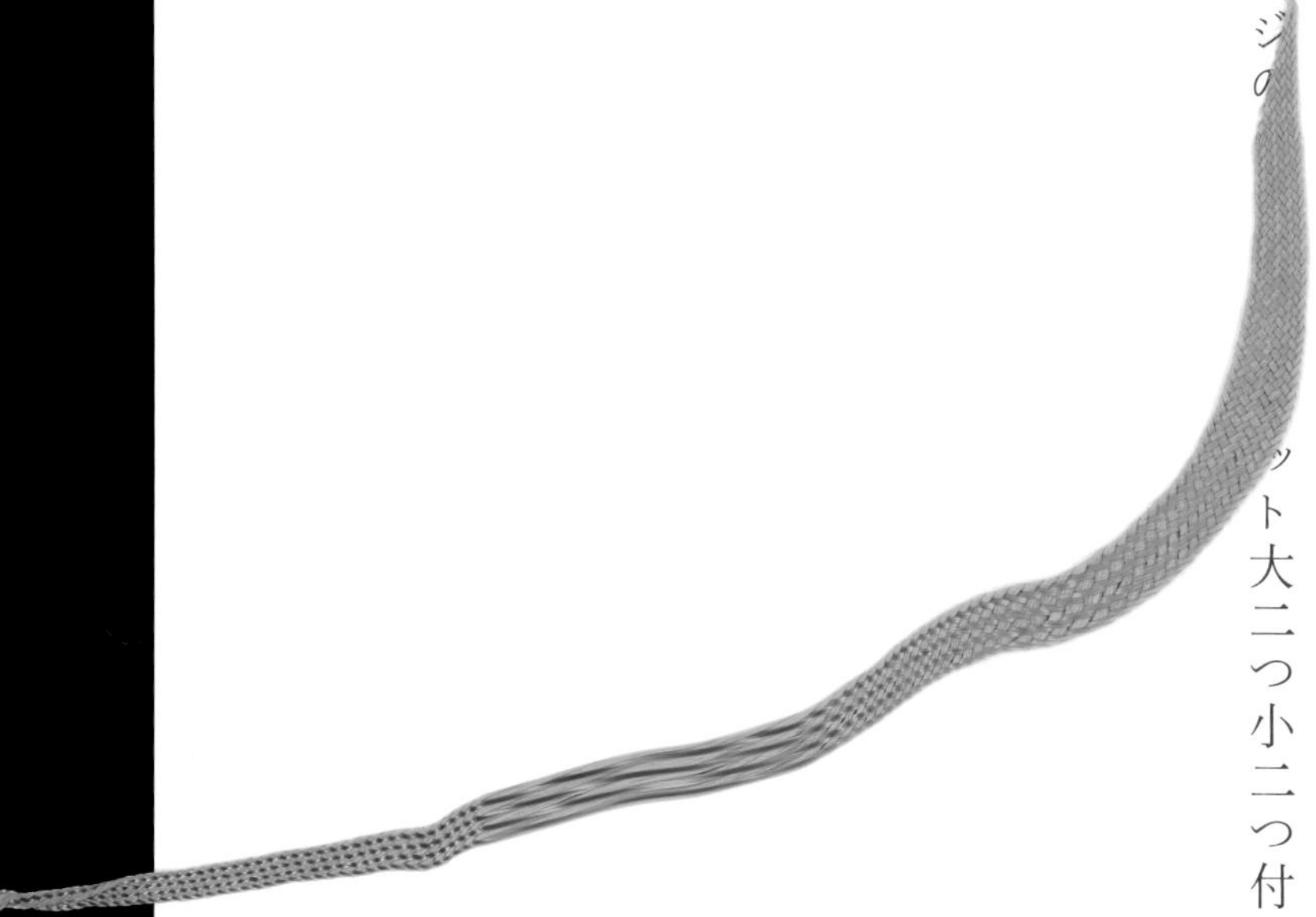

発電所見学

幸運な皆さまと言はれ月一度のNPG船入港を観る

原子炉の巨き模型が祭壇のパイプオルガンに見えて震へる

赤、青と光を発する原子炉の模型そびえて人語を奪ふ

バスに戻りシートポケットの飲みさしのコーラ取り出す（逃げおほせたか）

上関《かみのせき》反原発のビラのすみ鶴見俊輔見つく　行かねば

歌心あれば

セミの名は何であらうか耳元に繰り返す声アンシンアンゼン

脇道のまばらなデモの映る局広場いつぱいのデモ映る局

コンクリートに仰向きのセミ攻むるのかつかまりたいのか爪のガシガシ

その父の戦死を語る赤梨さん歌会離れレイテへ飛ぶ鳥

きしきしに新聞しばる白抜きの「安保法案」しらしら見つつ

二〇一五年

裕子さんが「礼《ゐや》して辞せり」と詠みしその鶴見俊輔氏この世を辞せり

歌心あれば殺さじと論のこし鶴見俊輔ぢやあねと逝きぬ

少年事件

フライパンを二つの黄身が滑り寄る少年事件続報の朝

こだはれば343《さんよんさん》はシンメトリー子どもの自殺去年の白書

二〇一六年

教へ子のあれは嘘ではなかつたか犬が逃げたと遅刻の理由

ぺしやんこのペットボトルに不ぞろひの光のかけらちらばつてゐる

とびんこはここらで裸のひなを言ふつばめのとびんこ一個落ちたり

托卵をするとふ郭公《くわくこう》別名の呼子鳥《よぶこどり》が好き閑古鳥《かんこどり》より

ぼうぼうと風と風とが打ち合ふ日青めだかの背甕にひらめく

科学博物館

フィロソフィー・フィロソフィーレン沸き立つや電気ケトルは自動に切れる

フーコーの振り子の軌跡目に追ひて五分が過ぎた五分を生きた

集団で交尾し窒息したとあり三葉虫の重なる化石

この星はギャーティギャーティ難民船　地軸のけぞり吾子が滑つた

目のやうな螺旋星雲の映像を見ればくらくら吾も目になる

南洋の蝶の標本むかしからピンが恐いと四十歳《しじふ》の娘

羽根すぼめ転がつてゐる剥製の小鳥にわたしの秋はふかまる

搭乗橋に

クハガタを未だつまめぬ男の孫も流行《はやり》なるらし籠六つ並べて

十日ほど田舎の子となる少年は無傷の空に犬を連れ出す

ランドセル下ろさずくれしハルジヲン茎しんなりとぬくきを懐ふ

東京へ明日は往《い》ぬらし山芋をすりばちに当てとろろに立てる

ガラス張りの搭乗橋に透けて見ゆ子が泣き出したと娘のジェスチャー

スクーリング

週末のスクーリングの生徒たち定石のごと着席してをり

老いの前そびやかすまでもない肩か少し斜《はす》にしノート取りをり

教科書を見せてあげると呼ばれをり男の子の方が照れやすきもの

五位鷺のやうな背を見せ座るありスクーリングの休憩コーナー

「入院をしてたのこころの病院」と退学の訳さらりと少女は

「六人に一人の貧困」この一人がそこにゐること授業料のこと

十八歳《じふはち》の生徒のレポート欄外に「美文字」と書いて花丸付けやる

安部公房『公然の秘密』を村上春樹『カンガルー日和』に替へた教科書

ぼくだつたら奪ふよと言ふ漱石の『こころ』を読ませつつ問へば

書くはづみ白墨折れて夕空を飛行機雲のあつと短し

転げ来し野球ボールを返すときあらぬ方へとひよろんと上がる

明日のため勉強しようと子に説きき短命なるをあの頃思はず

考へは鴨の足掻くやうなれど滑舌もどかし老いといふ葦《あし》

「幸」の字に若死にせぬといふ意あり談笑の生徒見ゆるベランダ

いとこの集ひ

屋根に降り樹に降り集まるにはたづみいとこの集ひの話まとまる

新牛蒡のほそく削りしきんぴらの小鉢先づ出す柳太郎の妻

引きつめの束髪変へぬ祖母なりき強き口調を母は疎みき

弟の産湯の済むまで階段にひとり待たされながめてゐた梁

掛け軸の良し悪しめぐる言ひ合ひの叔母と父なり血筋と笑ふ

右腿の銃創のあと燃えにけり父の戦争誰も知らない

絵日記をあなたに代筆頼んだら月に目鼻があつたと従兄弟は

伊藤若冲展

人垣のすき間をあふれて若冲の群鶏ぞめく其処にゐたのか

胸前《むなさき》より差し入れた掌《て》が覚えてるヒトより高い鶏の体温

子も孫も知らざる世界雄鶏の虫突つきつつククッと呼ぶ庭

ガラス蓋の息のくもりを思ひ出づ裸電球に孵化したひよこの

シャモ肉に殺意といふは単純でなきを怖れきをさなごころに

一羽だけ真つ白だつていいんだよ一斉に粟へ降りくる雀

その絵師に視られし鶏の絶えたれどとりどりの羽たえずうごめく

『広辞苑』

長く長くにひむらさんと思ひ来し奥付のルビにしんむらとあり

原稿は戦火に失せて一束の校正刷より出直したといふ

下宿代の月額ほどと今気づく辞書の代金親にたまひき

「人口に膾炙《くわいしや》する」とふ見も知らぬことばだつたよ『歌姫』の中

広辞苑見当付けて先づ開くすこしく撓《しな》る重さたのしも

装丁は安井曾太郎　背表紙にみづとりのやうなすいれんのやうな

奥深き広辞苑の森わが一世をつひぞ見ぬ樹々うすやみに立つ

アヒル

夜の耳に押し寄せてくる鳴き出した蛙の声やらしのつく雨やら

「共謀罪」成りて時代は移りたり卵の殻は「たまご」と言はない

二〇一七年

知らぬ名もよく見て読みつ吉川氏が『松川歌集』から引きし歌

水が水押す楫野川《ふしのがは》過ちは先の世代もわれらの世代も

梅雨晴れをふらふら歩けば聞き耳を立ててゐるよな地面のキノコ

野鴨去り日ごと濃くなる葦の陰どつこいアヒル一羽潜めり

少しあわてて

雨脚の低きところにふいに来てきらめきとなり跳ぶアマガヘル

泣くひとを抱きしめたあと朝露を受けたるやうに濡れてた手指

急死せし身体は棺に納まりぬ少しあわててたましひはゆく

その母の腕に抱かれて末の子は棺の縁にかたむけらるる

宵っ張りのひとだつたからたましひは夏の集ひの残り火あたりに

黒玉のネックレス・喪服・洗面具キャリーバッグよりけぢめなく出す

相馬

「霊山《りやうぜん》」の文字一揺れすおそ夏の阿武隈高地を越すバスのまど

残骸はもう無いですが海辺まで案内しますとタクシードライバー

原釜は津波来し地区六年目やうやく来たかと風浪しきり

整地中の浜の一棟　伝承鎮魂祈念館の切妻造り

船二艘交差させつつ揺り上げる津波の動画　長椅子に酔ふ

海水の白く蝕む写真なりそれでも残る野馬追ひの色

口開けてこちらへ犬の笑ひ掛く持ち主不明のアルバムのなか

犠牲者の名前の並ぶ黒花崗《くろみかげ》ぬぐへぬ氷雨のやうに光れる

慰霊碑の末尾はたまさか此処に来た人たちの名です背の方に声

ご遺体を運び込んだと指す路地の奥まで見えず後部座席は

あの日ぼくの煙草の煙はあの山の方に向いてたと二度も言ふ人

われのみがキャリーバッグを曳く人で下校の生徒さざめく駅舎

常磐線上り不通なり関西へ仙台福島迂回し帰る

母

ひぐらしの音程下がりゆく日暮れキャラメルの黄の箱振りてみる

母に訊けば答へてくれし「意味調べ」ゆふべゆめぢに何か問ひたる

戦時下を先祖の位牌持ち来しとラジオの木箱に安置しありき

戦争のせゐとふ視点持たぬ母の銘仙の裾を消えし風花

死児を抱く母の後ろを従きゆきし淡き記憶の菜の花の道

引つ越しのトラックの荷台に白黒の猫を抱いてた少女のわれは

わが知らぬ母の目いくたび映ししか縁に錆浮く楕円の鏡

その孫の納骨の始終見届けし母は細かる秋晴れのなか

息のかたち

新聞の由々しき見出しの1面を返してばさりと竜胆広ぐ

つゆくさの青いいえぼくはりんだうの青だつたのですかあさんと言ふ

アマガヘルそこを拭くから降りなさい秋も来てるしこれは墓石です

秋微雨《あきこさめ》はじめの一滴は繊細な方に降るらしあつ雨と君言ふ

黄揚羽のあざみに管《くだ》を挿すを見る翼状針はやさしかつたか

いたいでせう撫でてあげると言つたから麻痺の手の下にもぐらすわが手

肺胞は見たことなけれどしぼみつつゆれては拡がるイカの斑点

法会済み二人の夕餉かけ醤油きみはひたひたわれは一滴

生きてあらば何をしたかと言ひ出せず羽生結弦を夫と観てゐる

折り鶴の背にふつくらと子の息のかたち遺れりてのひらに載す

――思ひ出すばかりなのです　三

裕一郎は、二〇〇二年末、人工呼吸器を着けた。しばしば危機は起きたが、医療の工夫と彼の生への静かな意思が命を永らえさせた。病院が日常生活だと錯覚するような時間を送り、花束とケーキのある二度の誕生日を越えた。パイプベッドという仕切りはあったが、私は夕方からは身の世話をし、食べさせ、寝息を聴いては近くで眠った。言葉を交わし、見つめ合った。たまの外泊許可で帰宅もした。

だが、徐々に病状が悪化し十日間の昏睡の末、二〇〇四年初秋、永眠。二十六歳。

呼気と排気

コスモスが花首振つて招きゐる薄れはじめた斜陽のなかに

ぼく死ぬの?みひらく心よ母さんは降り注ぎたいきみいつぱいに

たとへば側に居なくともかあさんと声に出すだけで安らふと言ふ

いたみみなぼくが代はるとかみさまとやくそくしたよとふいに子が言ふ

深海を溺れるほどの感覚と医者に告げらる　お眠りなさい

滴々としづかに吾子に静脈にふかきところへ時間《とき》が落ちてた

逝く吾子になぐさめでなく夢でなくまた会はうねと胸内に告ぐ

きみの死に息を引き取る時は来ず機械が呼気と排気続ける

生きられるだけ生きるよと言ひをりき導尿管の思はぬ熱さ

かなしみは分かち合ふことできぬから枕辺に泣く足元に哭く

おとなしき子をひつそりと引き去りて葉月弦月中天を過ぐ

渇愛《タンハー》

メールする「Tシャツ Gパン持つて来てもうぢきゆうくん天翔るから」

長かりし惧《おそ》れがそれになるときに生者に遺ししアルカイックスマイル

真つ白なきみのかけらを移すときかすかかすかに音の立ちたり

耳だけになつて夜空を渡りたいアサギマダラの曼荼羅のうた

ココナツのパンナコッタを忘れない吾子の最後のおんじきだから

渇愛《タンハー》とつぶやいてみるタンハーのハーのあたりに吐いてゐる息

流星をやうやく五つ数ふるにとく起き上がりゐしオリオン座

逢ひたいよリゲル青い星こつそりと指輪の石に閉ぢ籠めておく

Ⅳ　渡り鳥の抄

茱萸の木までが

失火者と全焼の空き家見比べてわが感情を選べずにゐる

時止まる時を知りたる大屋根か火柱立ちしと人の言ふなり

黒焦げの大黒柱は突つたつて丸太の棟木の傾ぐを支ふ

ああ昔ここは鶏小屋この窪は水神さまと夫の彷徨ふ

母屋・納屋・釣屋《つりや》と厠《かはや》・新屋なりきみが背骨に並ぶことばは

姑《はは》入りし認知の迷路知れぬまま古き壺には古き梅干

義父建てし離れにつひに住まざりき武蔵の面が鴨居にあれば

時刻表調べて家族に指図せし義父の蔵書に嘉村礒多《かむらいそた》あり

留鳥に十種《とくさ》ケ峰《がみね》の青みたり　長渓庵《ながたにあん》と自称せし義父《ちち》よ

大皿の二つに割れて唐子《からこ》らは二グループに分かれて遊ぶ

二人子の小さき頃なり餅つきにうからからそろひし雪晴れの庭

二人子のうちの一人はふるき家燃えしことなど亡ければ知らず

はっとして身を引き戻すアメンボら背戸の小川のよどみのところ

現世《うつしよ》の処置・処理・交渉しばらくは生きがひめいた時間を得るのだ

庭続きの荒れたる畑のあの沖の茱萸の木までが更地の予定

旧　友

約束の駅が近づく見つけてよ緑の帽子かぶつてゐるわ

癌だつたの　子を亡くしたの　再会の旅の茶店に互みに打ち明く

卒論はワイマール憲法でしたよね傘に傘つと触れつつ訊ぬ

つきだしは桜豆腐なりまだ降るね降り止むといいね灯下に友と

異動のたび研修主任だつたと聞く辞職の理由の二番めと思ふ

手術痕腕で隠せると言ふひとと大浴槽に肩を並べる

受験のとき同じ旅館に居合はせてもう半世紀だねと笑ひ合ふ

雨あがる朝の六甲の遅そ桜ともに黙してともに眺むる

港風強きを受くれば若き日のアラセイトウの咲きのぼる胸

渡り鳥

春疾風《はやて》ざわめく波に揺れながらバランス保つ鴨の吃水

さびしさの湖底は見たかカイツブリあらぬところについと浮き出る

望月の頃より十日三百のヒドリガモ減りほろほろ十羽

白い色はいつもさびしいアヒル一羽鴨に群れても鴨が去っても

鳥渡す力は希望と思ふときこの世を飛び立つひとにも翼

暮るるまで春たつ鴨を眺めたりこんなさよならならばよかつた

令和へ

さまざまの昔の場所から来る賀状わたしが遠くへ来たといふこと

被災地に平成最後の冬が来る千年待つらむ牛も駝鳥も

黒々と張り付けられし鳥たちを燃料デブリとぞ　え見えずも

馬場有《たもつ》その名思へり浪江町の成人式の短きニュースに

令和とふ語に載りあつさりよみがへる長屋王《ながやのおほきみ》ネットの世なれば

万葉集「梅花の歌三十二首」序文から

「雪」の上あへて「天より」と修辞せる長屋王下《お》りくるやらむ

れんめんとこの世は続く鳥たちがこぼして実生ふ赤い実木の実

犬

雨雲の綴ぢ目をツッと漏れ出づる青空のごとアヲスヂアゲハ

成犬の柴犬「里子」に迎へたり自分の歳をよく勘定し

小荷物代270円足下のキャリーバッグに犬は良い子で

長き舌べろべろ揺らす夕風に夏のほてりを冷まして犬は

ヒトの中に過ごすひと日の夕暮れに犬に出合ひて鼻合はす犬

向かひ合ひ孫からの文開けるとき犬が割り込み見上げてをりぬ

物喰ひのよい子が結果長生きと獣医言ひしよ耳立てる犬

懐旧は犬にには無からむやすらぎが足を伸ばして横たはつてる

ムクドリ

秋の陽はするどきナイフ昼過ぎの木々にきちんと濃き陰を彫る

夕焼けが透き通るころ高き樹はいよいよ昏くかたちを顕す

夕暮れを三つ四つ二つ鳥影の飛び込むケヤキのドアは数多に

「夜に何が戻ってくるの」と瞬きす子どもは公孫樹に穴を見つけて

電線に等間隔のムクドリを写してみればてんでに向きゐる

体中ムクドリが入りさわぐので何を待つてゐたか忘れる街路樹

よう子　二

まだ少し話があるよ　わが友はホームに入りぬ入り江近くの

われ見つめホームの小部屋にそらんずる生家の字と小字と番地

旅のバッグ肩に掛けたまま納棺にあゆうくんと駆け寄りし友

われの子の折り鶴とともに天翔るさま見しよう子　挽歌たまひき

落ち椿の林道ゆけば海に出る　よう子の歌集『転放たれ』

表紙は萩市の笠山椿群生林

あの綺麗な字を見たいからわが宛名表書きせし葉書同封す

暖冬の空を押しやり冬雲が浜の小草に雪を乗せゆく

風の葱坊主

われの知る世は去りぬべしスーパームーンビルの間に赤し

ツイッターに鳥居を見つく春のこと「二日ごはん　食べてないけど」

息継ぎの次の一音強く読むが耳につく緊急事態宣言

官邸のホームページの内閣の↓《やじるし》アッ痛い国民に向く

失恋ならあり得ることだが「勘違ひはきみ」と言ひ放つ厚労大臣

老齢や基礎疾患が死んでよい理由《わけ》ではないはず鴨二羽残る

花柄のマスクも見かける広小路わすれただらうなあのガーベラを

ありふれたにほひも消えし焼肉屋いつもの裏道犬と歩けば

ぐらぐらの可動範囲をたしかめて立ちならびたる風の葱坊主

習ひたてのウインザーノットにネクタイすオンデマンドの入学式の子

支援中のカタリバ映りほつとする貸与のパソコン袋に詰めゐる

あぢさゐ

アマリリス四方にひらけば不覚にもJアラートを想つてしまふ

トランプはコロナ予防に飲んだとふヒドロキシクロロキンはマラリア薬

ねえ、ぼくがゐなくなつたらさびしい？ロボットなのに胸に来ちまふ

マスクして眼鏡に帽子さうだよねエレベーターで幼児に泣かる

東京の人に接しましたね会議への出席自粛を告げらるる夏

白い帯打ちては靡かせ全力で降つてくる雨ひとりづつになれ

富岳とふスーパーコンピュータ成るといふ咳の飛沫の拡散を見す

見えるものと見えない景色を分かつ傘前に傾け押しながら行く

あぢさゐをわたしが活けた日あぢさゐの和菓子買つたと遠くのむすめ

むすめ　三

「銀ダラの西京焼きをご所望です」見舞ひに行くと娘《こ》に告げたれば

医者なれど主治医に予後を聞きしとふそのとき妻と椅子を並べて

専門医として自らを知るひとにさびしきことはつひに問はざる

「否認・孤立・怒り・取り引き・抑うつ・受容」と他人事《ひとごと》みたいに君は

PCR検査のあれば面会の病棟さぞや遠くありけむ

一人子の手を引くむすめのこと祈る街の窪地の鬼子母神堂

持参せしはうれん草を黄の鍋に五回に分けて浅めに茹でる

白鷺のいつものやうに立つ池のわれの触れない水に夕暮れ

ウマノスズクサ

夕映えの縁《ふち》もつ青年近寄れば草を摘みゐる　銀のハサミ見ゆ

葉を返し飴色の粒見せくれるジャカウアゲハの卵《らん》ですきつと

犬が嚙むとあぶないですよと手に払ふウマノスズクサ毒草なんで

夕光が澄んできてゐるさやうなら花野にあそぶむかしのわたし

前の方へ前へと灯りいざなひて遠いうすやみに消ゆる彼岸花

草木《くさき》の名キツネ・ウマなど付いてゐる出遭つてしまつたタヌキノカミソリ

ようこ子　三

カメラ向け追ふ月蝕はコメダ過ぎメタセコイアのはるか上方

夜といふ影にわれ立ち月に差すこの惑星の影ゆくを見る

月渡る二階のベランダあの家はあなたの家なり施設のわが友

ソーシャルディスタンスにてとひとは言ふでもあなたには最後の歌会

切れのよい貴女の歌評　月蝕の極みに光るほそきほそき月

「文部省」と称したころの指定校研修主任は貴女だつたのよ
猫よりもわたしの方をすこしだけ長く覚えておいてください

Tシャツ

衣装箱にChampionとふ字はゆがむ海もてふてふも持たずに逝きぬ

ガラス瓶に挿す曼珠沙華束ねても交差させても花はもつれる

せんさいな雨滴まみれで揺れやまぬ蜘蛛のネットを壊してあげる

八の字眉いささか薄くなりし夫あなたは何を書くのかと言ふ

コウタラウ、アカギ、アキバエとお隣が指してはくれし林檎が三つ

合掌の向かひにきみの影立たす　Tシャツはもう要らないのよね

飯結《いひ》び母の手つきとそつくりに布巾に餡をひろげてくるむ

ああこれは記憶の母だ秋彼岸わたしもわが子におはぎ供へる

萩の花ゆれてこぼれて透明な鳥が飛び立つきみが来てたのか

鳥たちが流れてゐるんだ天の川底から見上げるあれは白鳥

朝

暗闇に矩形のひかり淡く浮くけふもこの世に目覚めてよいのだ

トースターの朝もまだ来ぬ空間へすこしゆるめに二枚のパンを

透明のポリ袋入りのじやがいものうつすらかぶるふるさとの泥

花、麒麟、折り鶴、連鶴、太鼓鶴、多面体　子は　朝の光《ひ》の中

二株のブルーベリーに通ひくるボサボサあたまの鵯には敵はず

駅

見しことが錯覚のやうに刈られゐる畦草のあひのひるがほの花

「小郡」が「新山口」となりし駅むかしの名の時送りしひとあり

半生を発ちては戻りし北口の「0番《ゼロ》のりば」廃されてあり

「おごほり」と右より綴り「OGORI」は左に始まる旧表示板

流れ去る銀灰色を見送つてホームに次の列車を待つ背

えいゑんにもどらぬ多くのひとのため人は帰るのだ駅の灯ともる

跋　もどらぬひとのため

江戸雪

俵田ミツルさんのうたを十年以上読んできた。読むたびに立ち止まり、思考や価値観をあたらしくしてくれるような颯爽とした風を感じてきた。そしていま読み返す『息のかたち』に、うたの視界の広さ深さをあらためて思っている。
俵田ミツルさんは、詠うことによって自分の内部をただ掘り起こそうとするのではなく、まず見つめる歌人だ。見つめて、それを詠い、思索の宇宙を広げる。

碑に沿ふは木槿《むくげ》ばかりなりこの異土に壕を穿《うが》ちし躰つひえて　「松代地下壕」

からうべ垂れふわつと合はす掌《て》の間《あひ》にこの世あの世のはざまの薄闇

教へ子のあれは嘘ではなかつたか犬が逃げたと遅刻の理由　「少年事件」

ぼうぼうと風と風とが打ち合ふ日青めだかの背嚢にひらめく

「六人に一人の貧困」この一人がそこにゐること授業料のこと　「スクーリング」

安部公房『公然の秘密』を村上春樹『カンガルー日和』に替へた教科書

残骸はもう無いですが海辺まで案内しますとタクシードライバー　「相馬」

海水の白く蝕む写真なりそれでも残る野馬追ひの色

見つめる対象はさまざまであるが、主に戦争や暴力そして自然災害に目を向ける。

「松代地下壕」は、長野県の舞鶴山を中心とした堅い岩盤地帯に掘られた十キロメートルに及ぶ地下壕。第二次世界大戦末期に最後の本土決戦の拠点として想定され極秘に掘られた。その際、当然のことながら相当な数の労働者がそこで働き犠牲にもなった。一首目は、亡くなった朝鮮人の慰霊碑を前にしたときのうた。「木槿」「異土」といった言葉が胸を突く。二首目。地下壕のおそろしく深い闇を感じながら手を合わす。両てのひらの間にできる闇はうっすらと柔らかく、地下壕の闇に亡くなった死者がその「薄闇」に安らいでいてほしいと祈っているように感じた。

「少年事件」「スクーリング」においても暴力や貧しさに苦しむ若者に目を向けている。俵田さんは中学校の国語と美術の教職に三十六年間就き、その後は二年間の嘱託公務員、七年間の高校通信制講師として働かれたそうだ。本格的にうたを始められたのは二〇〇九年、六十歳を少し過ぎた頃だそうなので、これらのうたは回想の場面も含まれているのだろう。時間をおいて詠うからこそ見えてくるものもある。遅刻の理由、滞納された授業料、変えられていく教材。そこに社会の歪みと抜け落ちていく真実をじっと見つめている。微力であった自らへの忸怩たる思いを補完するかのような「青めだか」のうたは、読者の胸の底にゆっくりと沈み、哀しみとともに希望ももたらしてくれるようでもある。
あとの二首は「相馬」からひいた。被災地に赴き、東日本大震災を悼むうただ。復興を願って建てられた伝承鎮魂祈念館に展示されている写真。海水によって傷んでいるけれど、御神旗などの鮮やかな色が残っていることを確認する。あえてそれ以上のことは詠わずにいるからこそ強く伝わってくる復興への願いがある。

シンメトリーに切り開かれて皿にあり枇杷の実ほどの夫の胆嚢　「臓器」
きみも吾も臓器を包む宇宙なり妙に明るむ梅雨の夕暮れ

整理棚の胸の高さに娘《こ》の夫の薬包のぞく布のバスケット　「むすめ二」
あさなさなレタスもりもり食む娘そんなふうにも哀しむのだね
すつきりと怒れよむすめ黄の蜘蛛が阿修羅のやうに手を振りかざす

夫やむすめを詠うときも同じである。何があったかということは殊更に詠わず、ありのままの姿や情況を見つめ、それを咀嚼したあと静かで重い世界に到る。「臓器」の一連では、夫の手術が扱われているが、摘出された臓器を見たあとの「きみも吾も臓器を包む宇宙なり」という認識。そこに至るまでの時間もふくめた、豊かさとも言える作者の空間を思う。

また、つれあいの病を抱え込んでいるむすめ。言葉をかけることもできず、ただ見守ってる様子がひしひしと伝わる。そして最後にはむすめの中にある「阿修羅」にたどり着くのだ。同時にそれは自分にもつながるものであるということに気づき、目の前にある理不尽を呑み込み吸収しひとつの哲学が生まれているようでさえある。

理不尽。俵田さんは前半生において、壮絶な理不尽に向き合い続けた。

病棟の日暮れの窓の内側はひとりのをさなにひとりづつ母　「小児病棟」

「こうなつちまつてごめんね」石わらべの声一度聞く抱き上げたとき

ぽきぽきと折る彼岸花ぜつたいにとつぶやいてをりわれは鬼子母で　「蒸しタオル」

ぼく死ぬの?みひらく心よ母さんは降り注ぎたいきみいつぱいに　「鬼子母」

滴々としづかに吾子に静脈にふかきところへ時間《とき》が落ちてた　「呼気と排気」

この歌集に何よりも大きく太く流れているのは亡き子への思いだ。幼い頃からの病と向き合いつづけた子とその家族。二〇〇四年、三十歳に届かず子は逝った。作者が、発病から死までの時間を縦糸と横糸をつむぐように詠ったうたが三部に分けられ、ⅠからⅢの最後に「思ひ出すことばかりなのです」として置かれている。どのうたをとっても、湧き起こる〈なぜこんなことが〉という理不尽への思いから目をそらすことない姿があり、胸をうたれる。

「滴々としづかに吾子に」のうたでは、亡くなっていく子に施されている点滴を見つめている。落ちていく薬剤の滴はまるで子の時間であるかのように思われ、そうすることで、もはやどうすることもできない現実を受け入れていたのだろう。無力感。喪失感。それらの想像もつかないほどの重さを抱えながら、どんな日常にも貼り付いてしまう哀しみにつき従っていくしかないのだ。

黄揚羽のあざみに管《くだ》を挿すを見る翼状針はやさしかつたか
折り鶴の背にふつくらと子の息のかたち遺れりてのひらに載す　「息のかたち」

子の十三回忌。あざみの花に蝶が蜜を吸うため口吻を挿しているのが、点滴針を刺されていた子の姿と重なる。「翼状針」は痛みが少ないといわれる点滴針。形状が蝶のようで、「てふてふ翼状針にふつくらの小さき手の甲差し出す吾子」（「小児病棟」）といううたもあるが、たとえどんな形状であっても痛みはあり、しんどいものであったはずだ。だから「やさしかつたか」という呼びかけは、どこに届くこともなく、答えなども持たないまま宙に浮き上がっていく。

残された作者のてのひらの上には、子が折った鶴が載っている。膨らませるために最後に息を吹き入れた仕草がよみがえる。鶴のなかには子の息が詰まっている。とてもはかない弾力のある息。「ふつくらと」という言葉から、最期までやさしく強かった子の有りようが込められているのだろう。

このように、「思ひ出すばかりなのです」の章が挟み込まれている構成は珍しいものだが、作者の時間や思索が重層的に感じられるもので、成功していると思う。つまり、『息のかたち』には本格的に始められてからの十二年間のうたが集められているが、それまでの助走期間のあまりにも重い苦しみによって、多くのうたが単純ではなく、さぐっていくと複雑な深淵が広がっているように読めるのだ。

ぜひ、多くの読者によって、俵田さんのうたの世界が広げられていくことを願っている。

木犀の皐月青葉の木の真中秘密のごとき丸きもずの巣　「庭木のもず」

死隣《しどなり》はもずにもあらむ時ならず背戸の木立を声の貫く

夕焼けが透き通るころ高き樹はいよいよ昏くかたちを顕す　「ムクドリ」

体中ムクドリが入りさわぐので何を待つてゐたか忘れる街路樹

「小郡」が「新山口」となりし駅むかしの名の時送りしひとあり　「駅」

えいゑんにもどらぬ多くのひとのため人は帰るのだ駅の灯ともる

鳥のうたが多い。Ⅰ〜Ⅳの章にも鳥の名が冠されているし、モズ・カラス・雀・鳩・セキレイ・つばめ・カイツブリ・鴨・アヒル・ムクドリ……と、数えきれない鳥がうたわれている。なかでも、「庭木のもず」や「ムクドリ」の連作が印象的だ。庭の木に巣をつくるもずをじっと観察し自分と重ね合わせたり、塒となっている街路樹がムクドリの影で黒く膨らむように佇っているのを見上げる。

　そして、歌集の最後は「駅」という連作で終わる。「えいゑんに」は巻末のうた。三句目から四句目へのつながりに深い谷底のような思索があり、何度も読んだ。「えいゑんにもどらぬ」ひとというのは死者だろう。ひとは何人もの死者を胸に持ちながら生きている。自分はなぜ生き残って、亡きひとがいなくなった家に帰っていくのか。作者はずっとそう問うていたのではないだろうか。いつしかひとつの答えに辿り着いた。もどってこなくても、自分が家に帰ってそこに居ることは死者にとどくはずだと。死者が遠い向こうから振り向く場所になるため、自分は帰っていくのだと。鳥が巣に帰っていくように。

もどらぬひとがその場所を忘れないよう、生き残ったものはそこに帰っていく。そんな日常を繰り返しながら生きていくのは、なんとさびしいことか。なんと強いことか。なんと美しいことか。

あとがき

約束を果たせただろうか。私の息子は生命の危機を何度も乗り越えてきましたが、命の船である身体を使い果たして二十六歳で生涯を終えました。二〇〇四年のことです。彼がこの世に在ったことのささやかな痕跡として歌集を作りたいと思いました。亡き人への、そして自分への約束です。長い長い迷妄や無精や焦心の中、時折の高揚と集中を頼りにようやく歌集『息のかたち』の上梓にこぎつけることができました。

この歌集には、二〇〇九年「塔」入会から二〇二二年春までの歌のうち、「塔」掲載歌やその他から四六八首を収めました。編集は、この期間をおおむね四期に分け、Ⅰ・Ⅱ・Ⅲ・Ⅳとし構成しました。

また、Ⅰ、Ⅱ、Ⅲの終りには、それぞれ「思ひ出すばかりなのです」という章を付け加えました。子の何度かの長い入院とその死までの顚末を整理したものです。その時時の思いは回想でなく永遠に「今」です。歌を寄せ集めたり、日記などを繰るうちに、思いが募り新たに生まれた歌も含まれています。

初めての歌集出版に当たって、青磁社の永田淳さまにとてもお世話になりました。永田さまは原稿を見られて「俵田さんにとって大切な歌集であると分かりました。大事に仕上げさせてもらいます。」と言われました。この時、息子を始め多くの人々やさまざまな出来事に私の方が取り巻かれているのだと気づきました。未熟ながらそういう歌集になっているように思えてきます。

永田さまをはじめ、装幀の加藤恒彦さま、快く跋文を書いてくださった江戸雪さま、篤くお礼申し上げます。それから、塔入会十年前に、一年余、短歌の手ほどきをしてくださった萩市の指月短歌会の故大中一忠さまに感謝の思いを届けたいと思います。塔入会まで長く短歌から遠ざかっていましたが、この世界へ呼び戻してくださった赤梨さま、木戸さま、澤井さまに深謝。今なお短歌へ私をつないでくださっている塔の先達や皆さま、地域の歌会の方々に感謝いたします。

約束はまだ道半ば。彼の思い、彼の存在を摑み得たか。これからも、「存在」というこの不思議さ愛しさなどを歌を通して見て行けたらと思います。
巻頭歌は、二〇一〇年、第二回「角川全国短歌大賞」河野裕子選特選にあずかった歌です。同年八月、河野裕子さまご逝去。読んでいただいたという感動は今も私の奥に振動しています。年寄るばかりですが、私は、もう少し詠まねばなりません。励みとなるべく振動がながらえますように。

二〇二二年十一月

俵田　ミツル

塔21世紀叢書第417篇

歌集　息のかたち

初版発行日　二〇二二年十二月六日
著　者　俵田ミツル
山口市朝田六一二－一〇（〒七五三－〇八七一）
定　価　二五〇〇円
発行者　永田　淳
発行所　青磁社
京都市北区上賀茂豊田町四〇－一（〒六〇三－八〇四五）
電話　〇七五－七〇五－二八三八
振替　〇〇九四〇－二－一二四二二四
https://seijisya.com

カバー装画・書
本文挿画　書彩家　結鶴
装　幀　加藤恒彦
製本・印刷　創栄図書印刷

ISBN978-4-86198-551-5 C0092 ¥2500E